Werner W.K. Sauer

Rentner

ein Full-Time Job

Dieses Buch habe ich begonnen zu schreiben, als ich immer häufiger festgestellt habe, dass alle Rentner das gleiche Problem haben – nämlich: keine Zeit!
Sollte sich irgendjemand, sei es namentlich oder inhaltlich in diesem Buch wiederfinden oder angesprochen fühlen, so wäre das rein zufällig, unbewusst und unbeabsichtigt.

Werner W.K. Sauer

Rentner

ein Full-Time Job

Inhalt

Inhalt

Zur Einleitung

Nun schreibe ich schon viele Wochen an diesen, für ein Buch relativ wenigen Seiten. Ich komme und komme einfach nicht auch nur annähernd an ein Finish. Natürlich muss ich nicht lange überlegen, woran das liegt. Es ist der eigentliche Tenor dieser Schrift, denn ich bin ja auch einer der Rentner, die überhaupt keine Zeit haben. Und weil ich diesen Satz so oft gehört habe, wollte ich darüber ein Buch schreiben. Nun bin ich selbst ein „Opfer" dieser Behauptung geworden. Darum habe ich mich jetzt entschieden, dieses Büchlein in der weit kürzeren Fassung als ursprünglich geplant fertig zu stellen.

Es mag mit meinem fortschreitenden Alter zusammen hängen, dass ich immer häufiger Männer treffe, die inzwischen im Ruhestand sind. Was ist das nur für ein Wort – Ruhestand – das klingt schon etwas fahl, so ähnlich wie: „Ruhe sanft". Außerdem passt es auch gar nicht zu dem, was ich immer so höre und was ich auch selbst seit über einem Jahr am eigenen Leibe erfahre. So habe ich nämlich seit längerer Zeit versucht, so langsam erst einmal mit dem Vorruhestand zu beginnen.

Da möchte ich mir doch zunächst einmal etwas klarer darüber werden, wo hier eigentlich die Unterschiede liegen, und was es wirklich bedeutet, Rentner, Pensionär, Vorruheständler, Ruheständler und so weiter. Manche beginnen noch im aktiven Berufsleben anfangs erst einmal mit der Altersteilzeit. Das ist doch eine ganz eigenartige Bezeichnung, wenn einer in Altersteilzeit noch volle Stunden, zumindest über einen gewissen Zeitraum arbeiten muss. Vielleicht sollten wir das einmal ändern.

Nun möchte ich keinesfalls versuchen, hier ein Fachbuch über Renten, Rentner, Pensionäre oder ähnliches zu schreiben. Ich möchte nur aufzeigen, wie ich und viele andere diesen Status „Rentner" sehen oder erleben. Und weil nicht nur das Wort Ruhestand sondern auch Rentner inzwischen arg verpönt ist, scheint sich für all diese so langsam die allgemeinere Bezeichnung „SENIOR" zu festigen. Da gab es sogar Stimmen, die die Bezeichnung Rentner schon als Diskriminierung empfanden.

Der Senior umfasst eigentlich alle die vorgenannten Bezeichnungen, ohne im Einzelnen zu verraten, ob der Senior nun schon Rentner oder Pensionär ist, oder ob er Senior auf Grund seines Alters ist und durchaus noch tätig oder berufstätig ist.

Da ist noch ein relativ kleinerer Personenkreis, den ich noch nicht berücksichtigt habe. Das sind Personen, die keine Rente beziehen, sondern von ihrem gesparten Vermögen leben. Sie gelten nicht als Rentner. Das sind eigentlich Privatiers. Das hören die natürlich auch nicht so gerne und daher fallen auch diese unter den Begriff Senioren, sofern sie etwa das entsprechende Alter erreicht haben.

Das scheint eine allgefällige Lösung zu sein, wenn nicht unbedingt nähere Informationen über die besagte Person erforderlich sind. Das funktioniert doch in vielen Fällen bereits sehr gut, wenn einer nach dem Seniorenpreis oder der Seniorenermäßigung fragt. Das Wort Rentner ist hier weitgehend verdrängt, auch wenn auf dem Ausweis immer noch „Rentnerausweis" steht. Auf vielen Eintrittstafeln ist der Eintrittspreis für Senioren sogar schon öffentlich aufgeführt.

Darum wird das Wort „Senior" oder die „Seniorin" in meinen nachfolgenden Ausführungen auch noch häufiger auftauchen.

Während meiner Berufslaufbahn hatte ich einige Male die ehrenvolle Aufgabe, bei Verabschiedungsfeiern eine Ansprache zu halten. Einige Firmen entlassen also langjährige, verdiente Mitarbeiter im Rahmen einer Abschiedsfeier in den Ruhestand. Ein Verkaufsleiter eines großen Unternehmens, mit dem ich viele Jahre gut zusammengearbeitet habe hatte sich gewünscht, dass ich zu seiner Verabschiedung die Laudatio halte. Da mir dies für ihn selbst, sowie auch für die anwesenden Persönlichkeiten schon sehr wichtig war, versuchte ich mich natürlich gut auf diese Ansprache vorzubereiten.
So schilderte ich die unterschiedlichen Einstellungen, die die angehenden Rentner zu ihrem Beruf und ihren nun folgenden Ruhestand oft haben. Es gibt Menschen, für die bedeutet Ruhestand: man bekommt alles weggenommen; man gehört zum alten Eisen; man wird nicht mehr gebraucht; man ist verkalkt, nicht mehr anpas-

sungsfähig und für neue Techniken nicht mehr zugänglich.

Mein bekannter Verkaufsleiter allerdings sah seine Zukunft als Rentner positiv. Er hat sich lange auf dieses Leben gefreut, um nun mehr Zeit zu haben für Reisen, Familie und seine sonstigen Hobbys.

Bei meiner Vorliebe für sinnbildliche Vergleiche schilderte ich es noch folgendermaßen:

Sie, Herr K. werden ganz sicher nicht zu den Rentnern gehören, die sich vor lauter Langeweile jeden Morgen an der Ecke vor dem Park treffen, wo zwei Bänke stehen. Dort stehen und sitzen sie dann bis gegen Mittag und erzählen sich immer wieder die gleichen Geschichten und was sie „früher" so alles erlebt hatten.

Wenn der Stoff ausgeht, wird über andere Leute oder die nicht Anwesenden gequatscht.

Das sind genau jene Rentner, die mit dem Tag des Ruhestandes in ein großes, schwarzes, tiefes Loch fallen. Dieses Loch heißt „Ungewissheit, Angst und Sorge". Sie wissen nicht was kommt, weil sie auf nichts vorbereitet sind. Sie planen nichts, lassen alles auf sich zukommen, sehen die

Zukunft sehr skeptisch und haben auch kein wirkliches Hobby.

Wie ich Sie, lieber Herr K. kenne, haben Sie viele dicke Bohlen und Bretter über das Loch gelegt und werden ganz sicher nicht in das Loch hineinfallen. All die Bohlen und Bretter haben Namen; nämlich die der künftigen Pläne, Reiseziele und Hobbys.

Des Weiteren habe ich einen großen Fluss mit starker Strömung beschrieben und als Vergleich genommen. Das Berufsleben endet am rechten Flussufer und nun müssen Sie lieber Herr K. hinüber in den Ruhestand; das heißt zum linken Flussufer. Weil Sie sich darauf gut vorbereitet haben, werden Sie beim Durchschwimmen des Flusses die Strömung richtig berechnen.

Sie werden zunächst ein Stück flussaufwärts gehen bevor Sie hineinsteigen um wegen der starken Strömung an der richtigen Stelle herauszukommen. Sie werden einen guten Neoprenanzug anziehen um die Temperaturunterschiede gut zu überstehen damit Sie heile und gesund dort ankommen, wo all die Dinge auf Sie warten, auf die Sie sich viele Jahre gefreut haben.

So und ähnlich habe ich in Vergleichen meine Ansprachen bei Verabschiedungen gehalten. Natürlich gehörten auch alle Personen die verabschiedet wurden zu denjenigen, die das Rentnerleben und den Ruhestand positiv sahen.

Ganz besonders ist mir aufgefallen, dass wir als Rentner meinen, immer noch sehr wichtig zu sein. Einige haben sogar richtig Angst davor, nun als Rentner gar nicht mehr „wer zu sein". Wie sagt ein Freund von mir immer so nett, der damals eine sehr verantwortungsvolle und einflussreiche Stellung hatte:„Früher war ich mal wer, aber heute kennt einen ja kaum noch einer oder will mich vielleicht auch nicht mehr kennen". Das geht sehr schnell, wenn man erst mal raus ist und schon ist man nicht mehr wer. Auch wenn er es oft nicht ganz so ernst meint; aber ein bisschen Wahrheit steckt schon immer darin.

Dann kenne ich einen anderen Rentner, der genießt nun erst mal richtig sein Leben. In seinem Berufsleben hat er sich immer auf den „Ruhestand" gefreut, um dann die Urlaube und geplanten Reisen so richtig zu genießen. Das macht er nun auch mit Bravour. Er hat eine Freundin, die ganz früher schon einmal seine Jugendliebe war. Dann verloren sie sich aus den Augen und beide heirateten anderweitig. Nun haben sie als Witwer wieder zu einander gefunden und genießen ihre Zeit und Reisen miteinander. Jetzt versuchen Sie doch einmal mit einem so verliebten Rentner von 77 Jahren, der super gut drauf ist, einen Termin zu machen. Das gelingt nur, wenn es gerade auf dem geplanten Weg mit seiner „Freundin" liegt. Ja, ja, alte Liebe rostet eben nicht. Solchen Freunden und Rentnern gönnt man dieses Leben wirklich von ganzem Herzen.

Die Rente

Pensionäre, so habe ich früher immer geglaubt, könnten nur Beamte werden, weil Beamte eine Pension bekommen. Die Berufstätigen in der freien Wirtschaft, egal ob Angestellte oder Arbeiter, bekommen stattdessen später eine Rente. Zumindest bis heute ist und war das so, solange noch etwas Geld in der Rentenkasse ist. Das wird, wie allgemein bekannt, seit Jahren ja schon immer weniger. Darum sind auch schon sehr viele, natürlich nur die, welche das durften, aus diesem „Rentenverein" ausgetreten. Das klang damals erst etwas anrüchig; aber offensichtlich haben viele recht gut daran getan, denn die eigene Rentenvorsorge scheint wirklich um einiges sicherer oder besser zu sein als die Rente vom Vater Staat.

Inzwischen geben die das nicht nur zu, sondern man wird sogar aufgefordert – ja inzwischen sogar verpflichtet, selbst zusätzlich etwas für seine Rente zu tun. Wie immer im Leben gibt es für alles irgendwelche schlauen Köpfe, die dann so verschiedene Möglichkeiten aufzeigen und wärmstens empfehlen. Bei der Rente ist zum

Beispiel Herr Riester so ein Typ. Das wissen aber alle „Versicherungsfritzen", egal von welcher Fakultät, jeder anscheinend am besten.

Wie dem auch sei, jeder muss eben dafür sorgen, dass er am Ende seiner Schaffenskraft von irgendwo her so viel Geld bekommt, um einigermaßen über die Runden zu kommen. Am schönsten wäre es, man bekäme dann insgesamt etwa so viel, wie man vorher verdient hat. Das heiß nicht – verdient hat – sondern bekommen hat. Verdient hätten wir doch alle eigentlich erheblich mehr, als wir bekommen haben. Das gelingt aber offensichtlich nur ganz, ganz wenigen und die geben es in der Regel nicht zu, weil sie von diversen „Pöstchen" zum Beispiel in Aufsichtsräten oder ähnlichen Bezugsquellen ein Salär bekommt, für das man nicht wirklich arbeiten muss und was man auch nach dem offiziellen Berufsleben mit wenig Zeit, Aufwand und Kraft noch absitzen kann.

Mit dem Beamten und Pensionär muss das aber wohl nicht mehr stimmen. Ich weiß zum Beispiel, dass Personen in leitenden Stellungen auch in der freien Wirtschaft eine Firmenpension bekommen. Die sind dann auch Pensionäre und verbraten zusätzlich zu ihrer Rente noch die Pensionsrückstellungen ihrer früheren Unternehmen – zumindest so lange es diese Unternehmen noch gibt und von den Pensionsrückstellungen noch etwas übrig geblieben ist.

Ja, das ist ganz sicher ein schwieriges Thema, wie es schon immer schwierig war, an anderer Leut`s Geld zu kommen. Am schwierigsten ist das natürlich beim Vater Staat. Das dort verfügbare Geld wird nämlich alles für die Bezügen und Pensionen der Politiker gebraucht. Genau deswegen soll nun nämlich jeder zusätzlich noch selbst für seine Rente sorgen.

Ganz anders ist das bei Herrn „Ackermann", der ab nächsten Monat in den Genuss seiner wohlverdienten Rente gekommen wäre, wenn er nicht in der letzten Woche an seinem Schreibtisch einem Herzinfarkt erlegen wäre. Seit dem Tod seiner Ehefrau vor drei Jahren hat Herr „Ackermann" fast nur noch gearbeitet; und nun so ein Ende. Er hat sich nichts mehr gegönnt und auch keinen Urlaub mehr gemacht. Nun spart unser Finanzminister Herr Steinbrück nicht nur die 30 % der Rente weil es ja keine Witwe gibt, nein erspart alles – die gesamte Rente von Ackermann. Da frage ich mich, warum die Rentenkasse so leer ist, denn „Ackermann" ist ja schließlich kein Einzelfall.

Herr Steinbrück begründet dies allerdings ganz einfach. Es gibt im Verhältnis gesehen viel zu wenig junge Menschen, die im Berufsleben stehen und in die Rentenversicherung einzahlen. Zweitens so sagt er, gäbe es viel zu viele Junge Rentner, die im Verhältnis zu der Rente die sie bekommen, viel zu wenig oder gar nichts eingezahlt hätten. Das allerdings verstehe ich wiederum nicht. Als ich in einem Beratungsgespräch bei der BfA meine Rente habe ausrechnen lassen, wurde genau zu Grunde gelegt, wie viel und wie lange ich in die Rentenversicherung eingezahlt hatte. Dem also habe ich entnommen, das man keinesfalls mehr bekommen kann, als man eingezahlt hat. Diesen insgesamt schwierigen Komplex bezeichnen die Politiker im Zweifel dann gerne als die Gesamtheit der sozialen Bereiche. Dazu gehört dann natürlich alles, was Gutes an Mitbürgern getan wird oder gezahlt werden muss, Kindergärten, Sozialhilfen jeglicher Form wie Arbeitslosengeld, Mietzuschüsse, Harz IV u. s. w. Nun will ich die Renten wirklich nicht damit vergleichen; aber es gibt schon einige Rentner, die sich mit diesem Thema beschäftigen, würde mir allerdings in diesem Zusammenhang zu weit gehen. Sonst müssten wir uns noch damit auseinander setzen, was Rentner hinzu verdienen dürfen, und wann was Schwarzarbeit ist.

Vielleicht ist diese Einrichtung mit der Rente, zumindest für den mittleren oder Durchschnittsverdiener aber doch gar nicht so verkehrt. Wenn ich ehrlich bin muss ich zugeben, dass ich mit zunehmendem Alter auch wirklich immer weniger benötige. Da habe ich beispielsweise noch so viele Anzüge und Krawatten im Schrank hängen, würde sich die Mode nicht oft so drastisch ändern, brauchte ich über Jahre oder vielleicht nie mehr einen neuen Anzug oder eine Krawatte. Auch sonst wird man scheinbar zwangsläufig immer genügsamer – sogar im Essen und Trinken. Da wäre es durchaus schon verträglich, wenn die Rente etwas sparsamer ausfällt als vorher die Bezüge; wären da nicht die Urlaube, für die wir jetzt mehr Zeit haben als vorher. Darauf möchten wir aber auch nicht verzichten, denn das „zu Hause sitzen" kommt zwangsläufig im nächsten Akt.

Aufgaben und Ehrenämter

Die meisten Senioren und Seniorinnen finden wir nach ihrem offiziellen Berufsleben in irgendeiner artverwandten Aufgabe wieder, oder setzen diese bereits langjährig begonnene Tätigkeit fort.
Ich habe noch nie gesehen, dass ein Handwerker, egal ob Arbeiter oder Selbständiger, seinen Arbeitsanzug, Kittel oder Blaumann mit Beginn des Ruhestandes wegwirft. Ähnlich gilt es für jeden Beruf, ob Kaufmann, Freiberufler, Unternehmer oder was auch immer. Keiner trennt sich von seinen bisherigen Arbeits- und Hilfsmitteln freiwillig. Ausgenommen sind nun mal wieder die Typen, die ihren Beruf gehasst haben und kaum erwarten konnten – dass endlich Schluss damit ist. Es ist wirklich nicht negativ oder unanständig, wenn sich jemand auf den Ruhestand freut. Für viele ist das die Vorfreude, nun die Dinge tun zu können, die sie schon lange tun möchten. Aber alle Reisen, Hobbys und Vorhaben sind zeitlich begrenzt und dazwischen kommen immer wieder die normalen Phasen der sogenannten „dritten Lebensphase". Da sehe ich doch nahezu alle Handwerker wieder in ihrem Arbeitsanzug in ihrem

Haus Hof und Garten, wo sie ebenfalls Arbeiten tun, die sie sich lange vorgenommen hatten. Sie reparieren, verändern, verschönern ihr Umfeld. Doch darauf komme ich später noch.

Ebenso wirft kein Rechtsanwalt oder Steuerberaten seine wichtigen, aktuellen Bücher weg, in denen er im Zweifel immer alles nachschlagen konnte. Häufig werden die beruflichen Arbeitsmittel auch danach noch bei den entweder neuen oder fortlaufenden Ehrenämtern eingesetzt.

Das die Senioren vielerseits noch sehr begehrt und ernst genommen werden, zeigt der in den letzten Jahren eingerichtete Ausschuss oder Arbeitskreis der „Senior Experten" in vielen Industrie- und Handelskammern. Es gibt wirklich eine Vielzahl von Jungunternehmern, Existenzgründern oder Kleinbetrieben, die die Kosten einer Unternehmensberatung nicht aufbringen können. Diese wenden sich nun vermehrt an ihre zuständige IHK, wo ihnen dann ein Senior-Experte angeboten wird, der in einem oder mehreren Gesprächen und auch weitergehenden Unterstützungen und Kontakten versucht, bei der Problemlösung zu helfen. In andere Ländern wie zum Beispiel in der Schweiz, nennt man diese auch Senioren- und Selbsthilfeorganisationen.

Neben den Aufgaben, die ja wohl jede Seniorin und jeder Senior von seinem Ehepartner oder Lebensgefährten angedient bekommt, weil das doch alles schon soooo lange geplant ist und weil wir doch wirklich dann einmal viel Zeit dafür haben werden, kommen dann noch die unzähligen „Angebote" von Ehrenämtern und Ehrenaufgaben, für die der Tag dann 48 Stunden, die Woche 12 Tage und das Jahr mindestens 500 Tage haben müsste.

Ich habe Bekannte, die gehen zu bestimmten Mitgliederversammlungen und ähnlichen Veranstaltungen oft gar nicht mehr hin, weil sie befürchten, dort vielleicht wieder ein Ehrenamt „angedreht" zu bekommen. Das beginnt doch wirklich im kleinsten Verein wie zum Beispiel im Kegelclub, wo ein Kassierer, ein Schriftführer ect. benötigt wird. Weiter geht es bei jeder Art von Tierschutz und Zuchtvereinen; (Tauben-, Kaninchen-, Hunde-), über Gesang- und Musikvereine, kirchliche, caritative und Sozialverbände, parteipolitische, kommunale und Wirtschaftsverbände deren einzelne Aufzählung hier wirklich ins unermessliche gehen würde.

Selbst in ursprünglich aus rein berufsorientierten Beweggründen entstandenen Vereinen und Organisationen westfälische Kaufmannsgilde oder berufsspezifische Wirtschaftsverbände sind heute auch die Senioren – sei es auch mit einem speziell ermäßigten Seniorenbeitrag - erwünscht und herzlich willkommen. Wer jahrelang in einer solchen Berufsorganisation war, tritt nur in Einzelfällen mit dem Tag X dann aus.

Und alle diese Clubs, Verbände und Vereine brauchen einen Vorsitzenden, bzw. einen Präsidenten, einen Geschäftsführer, einen Schriftführer, Kassierer, Beirat und Beisitzer usw.

Weil ja eben die Senioren „am meisten Zeit haben" werden vielfach gerade diese, denn hier spricht man ja auch nicht von Rentnern, zumindest für die Ehrenämter im zweiten Glied vorgeschlagen. Wenn es dann schon sein muss, ist es immer noch am dankbarsten, sich zum Rechnungsprüfer wählen zu lassen. Da kommt man nur einmal im Jahr zum Einsatz, gibt dann auf der Jahreshauptversammlung seinen zweisätzigen

Kurzbericht über die Prüfung ab wo es meistens heißt: saubere und ordentliche Buchführung wird bestätigt, alle Belege vorhanden, oder Belege stichprobenartig geprüft, Kassen und Kontenbestände stimmten mit der Buchführung überein; Wir stellen den Antrag, dem Vorstand Entlastung zu erteilen. Aus die Maus – das war`s.

Das sind die beliebtesten Ehrenämter; aber davon gibt es leider in jedem Verein nur zwei. Also müssen andere auch mal die Aufgaben übernehmen, die mit fast wöchentlichen Terminen, Vorbereitungen, Referaten, Reisen und vielem anderen verbunden sind.

Freizeitgestaltung und Hobbys

Gott sei Dank sind von Geburt an alle Menschen unterschiedlich. Bedingt durch die Gene, Veranlagungen, Begabungen und spätere Erziehung bleiben diese Persönlichkeitswerte auch bis ins Alter bestehen. Auch wenn man sagt, dass sich der Mensch alle sieben Jahre verändert, die Grundeinstellung, so meine ich, bleibt aber bestehen. Das spiegelt sich dann auch in der Lebenseinstellung wieder. So wie es sehr unterschiedliche Berufsauffassungen gibt, so setzt sich dies auch danach im Seniorenalter fort. Manche Rentner hatten bereits vorher so viele, oder aber zeitaufwendige Hobbys, dass diese auch in der dritten Lebensphase ausreichen und weiter gepflegt und betrieben werden. Das schließt natürlich nicht aus, dass man sich auch mal ein neues Hobby zulegt, weil irgendetwas interessant klingt oder aussieht. Auch können gesundheitliche Aspekte wie beispielsweise Bewegung eine Rolle spielen, auch im Alter mit Nordic Walking, Wandern, regelmäßigem Schwimmen, Gymnastik und was es sonst nicht alles gibt, anzufangen.

Wer also durch die besonderen sozialen und politischen Aufgaben und Ehrenämter nicht bereits gut ausgelastet ist, wird sich spätestens zu Beginn seiner Seniorenzeit Gedanken über eine sinnvolle Freizeitgestaltung machen. Auch diese Entscheidung ist je nach Persönlichkeit für viel Rentner sehr schwierig. Da kannst Du die tollsten Einstellungen und Ausführungen hören und wenn es nicht wirklich ernst und wichtig wäre, könnte man sich darüber oft mehr als nur schmunzelnd amüsieren. Aus persönlichen Erlebnissen und Erzählungen fasse ich hier einmal einige Aussagen zusammen, die ganz bestimmt nicht einmalig sind.

„ Für die Hobbys, die ich gerne betreiben würde ist mein Geldbeutel doch wirklich zu klein. Das ist doch nur ein Sport für die „Reichen". Ich würde ja schon ganz gerne mal wandern, aber mein Rücken; oder meine Beine.... Oder ... oder... Als ich mich letzte Woche trotzdem mal aufraffen wollte, fing ein fürchterlicher Dauerregen an und das muss ich mir doch wohl auch nicht antun. Die Dauerkarten für die Frühschwimmer sind ja wohl auch viel zu teuer geworden. Den Beitrag für die Seniorengymnastikgruppe kann ich mir doch sparen; diese Spaßübungen kann ich auch alleine zu Hause machen. Ich würde wohl viel mehr Fahrrad fahren aber bergauf verlässt mich die Luft immer mehr. Jetzt wollten wir mit „XYZ" anfangen, aber meiner Frau geht es im Moment nicht so gut". Apropos Frau;

Wenn man dann wegen der vorgenannten Probleme doch häufiger zu Hause sitzt, entwickelt sich daraus oft schnell die folgende Variante:

„Warum warst Du denn heute so lange zum Einkaufen? Hast Du jemanden getroffen? Hat sie auch was von mir gesagt? Mit wem hast Du denn eben so lange telefoniert? Hat sie angerufen oder Du? Hast Du daran gedacht, dass Christina am Sonntag mit den Kindern kommt? Die essen so gerne Pflaumenkuchen, wann willst Du den denn backen? Die Kinder trinken gerne Apfelschorle; hast Du dafür Apfelsaft mitgebracht? Warum kommt eigentlich Karin gar nicht mehr, habt ihr Euch etwa gestritten? Ich würde heute Abend gerne den Boxkampf sehen; kannst Du Dich dann ins Nebenzimmer an den kleinen Fernseher setzen?

Sie brauchen bestimmt nicht lange nachzudenken, um diese Liste aus eigenen Erlebnissen weit zu ergänzen.

Aus diesem Wissen heraus hat meine Frau schon lange vor meinem „Unruhestand" jegliche Freizeitgestaltung und Hobbys von mir akzeptiert und unterstützt. Ich meine, sie hätte sich von den oben genannten Aussagen an einige meines Vaters erinnert.

Darum bin ich auch schon während meines Berufslebens viel Fahrrad gefahren. Mindesten einmal im Jahr habe ich entweder allein, oder mit einem Bekannten zu zweit, eine fünf- bis zehntägige Fahrradtour gemacht. So habe ich nahezu alle bekannten, insbesondere flussnahen Radtouren in Deutschland und teilweise Österreich gefahren. Ich erinnere mich mit großer Freude an die Fahrten: durch das Altmühltal, rund um den Bodensee, Donau-Radtour von der Quelle in Donaueschingen bis Wien, das war wohl unsere längste Strecke, von Unna nach Cuxhaven, Rügen per Rad entdecken, Rhein Nahe Saar Mosel ab und bis Koblenz, 1000 Schlösser-Tour im Münsterland, Elbe-Radtour von Bad Schandau bis Hamburg, WeserTour bis Bremerhaven, Fränkischer Achter mit der lieblichen Tauber und Main, Deutsche Weinstraße von Worms bis ins Elsass, dann eine meiner schönsten Touren:

Die Inntal Radtour von München über Innsbruck, (einmal um den Chiemsee) Passau bis Regensburg, und mehrfach noch von Dortmund entlang dem Emskanal über Papenburg, Bad Zwischenahn, Jadebusen, Bremerhaven nach Cuxhaven.

Außer oder neben den Radtouren habe ich dann zur Pflege eines weiteren Hobbys die Sportboot-Führerscheine gemacht. Nachdem ich mit einigen Freunden, denen ich für die vielen schönen Tage und Stunden sehr dankbar bin, jährlich eine Woche in der Ägäis zwischen Griechenland und der Türkei zu segeln. Das sind Erlebnisse, die man auch als Senior bis ins hohe Alter fortsetzen kann. Dann haben wir begonnen, auf den holländischen Kanälen und Binnenseen, auf denen man keinen Führerschein benötigt, zu schippern. Das hat mich so fasziniert, dass ich alle erforderlichen Führerscheine, vom Katamaranschein bis hin zum Sportmotor-Führerschein Binnen und See, zu machen. Mit diesen Kenntnissen ist es nun noch viel interessanter und man fühlt sich sicherer. Nun konnten wir unsere Törns auch ins Wattenmeer und zu allen westfriesischen Inseln ausdehnen. Das hat inzwischen der ganzen Familie Spaß gemacht.

Darum werden wir auch in diesem Jahr wieder eine solche Bootstour starten.

Rentner in Haus und Garten

Wenn ich einmal längere Zeit nichts im Haus oder Garten getan habe, das heißt, ich habe meinen „Arbeitsanzug" lange nicht getragen, dann höre ich leichte Vorwürfe wie: „Du tust ja zu Hause überhaupt nichts mehr – dies und jenes müsste gemacht werden". Wenn ich dann aber mal wieder so richtig aktiv war, dann werde ich auch ganz offen gelobt. Etwa so:" Heute warst Du aber fleißig. Du hast ja richtig viel geschafft. Das Du das noch alles kannst. Ich bewundere Deine Ausdauer" usw. Wenn ich am Abend dann beginne zu stöhnen weil mein Kreuz oder auch sonst irgendetwas weh tut, dann geht das Lob über in: „ Du meinst auch immer, Du müsstest alles an einem Tag schaffen. Ich sage doch immer, Du kannst nicht rechtzeitig aufhören. Immer die Extreme – Nichts oder Alles. Rom wurde auch nicht an einem Tag erbaut. Du hast Dich mal wieder übernommen. Du bist eben mal keine dreißig mehr. Ja, ja, auch wenn sie meistens recht hat, das ändert in dem Alter auch nichts mehr.

Sofern der Arbeitsmarkt es zulässt, sind heute von den meisten Ehepaaren beide berufstätig. Wenn der Job sie stark einbindet, weil sie beide eine gute Position haben, leisten sich diese nun eine Haushaltshilfe und oft auch noch einen stundenweise beschäftigten Rentner für Haus und Garten. Ich kann bestätigen, dass es sehr schön ist, wenn der Rasen immer gepflegt und geschnitten ist, die Beete gehackt und die Hecke sauber und ordentlich geschnitten und auch sonst alles in Ordnung gehalten wird. Da kommen noch viele weitere Eigeninitiativen hinzu, wie zum Beispiel das Bauen eines Verschlages für Kaminholz, die Vergrößerung des Teiches, das Bauen einer Brücke über den Teich, Randsteine, Pflasterarbeiten und vieles andere mehr. Er kann eben mit Erde, Holz, Pinsel, Stein und auch Mörtel umgehen. Auch wenn unser fleißiger Helfer Willi inzwischen weit über siebzig Jahre alt ist, so macht er das noch immer mit Liebe, Hingabe und Freude. Er hat früher einmal Gärtner gelernt und erfreut sich daher selbst an unserem Garten, wenn er ihn immer wieder gut in Schuss hat. Wir wollen ihn zwar keinesfalls mehr überstrapazieren; aber wir hoffen immer, dass er noch eine Weile so fit bleibt und zumindest die nicht so anstrengenden Dinge erledigt.

So ganz bestimmte Dinge mache ich nun schon seit Jahren selbst. So zum Beispiel versorge ich meine Kois im Teich immer, außer wenn wir kurz verreisen oder in Urlaub sind. Überhaupt den gesamten Teich pflege ich selbst, weil es eben ein persönliches Hobby von mir ist.

Ich reinige die Filteranlage, die ich selbst installiert habe, prüfe regelmäßig die Wasserwerte. Überwache und regele den Algenwuchs und halte das Wasser klar.

Auch die Konstruktion für mein so genanntes Tomatenhaus habe ich selbst gebaut. Tomatenhaus ist sehr übertrieben, es ist eher so eine Überdachung aber sie erfüllt ihren Zweck und unser Helfer Willi pflanzt und pflegt dann die Tomaten.

Das Kaminholz mache ich auch seit Jahren immer selbst; egal ob sägen oder spalten.

Natürlich würde Willi das auch noch machen. Er sagt oft, beim Kaminholz kann man dreimal schwitzen. Zuerst beim Holen, dann beim Sägen und Spalten und dann noch einmal wenn es brennt. Es reicht also wirklich, wenn er es stapelt, denn das kann er besser als ich. Bei mir ist schon einige male die Holzwand umgefallen. Aber einerseits macht es mir Spaß und ich will mich ja auch irgendwie selbst betätigen, andererseits möchte ich ihm in diesem Alter nicht noch schwere Arbeiter auflasten, auch wenn er noch vor gar nicht langer Zeit bei schwereren Arbeiten im Garten stärker war als ich. Beim Ausgraben oder Umpflanzen von Bäumen und Sträuchern habe ich oft nicht schlecht gestaunt und mich gefragt, wo er diese Kraft her nimmt.

Um diesen Willi haben uns schon so manche beneidet. Als er vor vielen Jahren zu uns kam, haben wir von vorn herein keine festen Zeiten oder Stunden vorgegeben. So hat auch er nicht auf die Uhr geschaut oder Stunden aufgeschrieben. Wir waren einig, das er den Garten so wie es in seine Zeit passt, in Ordnung hält. Das war die größte Motivation für einen gelernten Gärtner, sich selbst daran zu erfreuen, wenn er in einem schönen Garten sein kann.

Er sagt selbst: „Ich komme immer und gerne, wenn es nicht in meine Werkstatt regnet". Ja, Werkstatt, so nennt er „seinen Garten".

Was ich noch selbst mache und das bereits seit Jahren, ist das Verlegen von Leitungen, Steckdosen und gewisse Basteleien. Wenn also etwas elektrisches wie zum Beispiel Lampen, Lichterketten, oder Geräte nicht funktionieren, dann bastle ich so lange daran herum, bis ich es meistens wieder hin bekomme. Erst kürzlich habe ich wieder festgestellt, warum mir oft so viel Zeit fehlt, oder warum der Tag schon wieder vorbei ist. Da sitze ich mit einer Engelsgeduld und repariere wie ein Weltmeister Steckdose, Zeitschaltuhr, Kabeltrommel, Weihnachtsbeleuchtung und vieles andere mehr. Jeder selbständige Handwerker würde dabei pleite gehen, wenn er an diesen meist Cent-Artikeln stundenlang reparieren würde. So darf man es aber im Haushalt nicht sehen. Oft gibt es gar keine Ersatzteile mehr oder der neuere Ersatz passt hier nicht. Dann möchte ich auch möglichst alles so erhalten, zumindest nicht verschlechtern. Dann kommt meine Frau und bewundert meine Geduld. Sie meint oft, die Zeit wäre zu schade und ich sollte vielleicht besser einfach ein „Neues" kaufen. Dann packt mich der Ehrgeiz erst recht.

Nach Stunden oder Tagen bin ich dann oft ganz stolz auf mein wieder funktionierendes Werk.

Im Laufe der Jahre habe ich mir natürlich auch fast alles an Handwerkszeug und Geräten angeschafft, was selbst manchen Handwerker staunen lässt.

So habe ich auch mit großer Freude für die Enkelkinder Fabio und Carlo in monatelanger Arbeit eine Weihnachtskrippe gebastelt. Da habe ich oft stundenlang in meiner Krippenwerkstatt gestanden und mich selbst über jeden Fortschritt gefreut.

Ein bisschen nach dem Vorbild unserer Krippe, die ich vor vielen Jahren auch einmal selbst gebaut habe. Natürlich ist die neue nun noch viel schöner geworden und die ganze junge Familie erfreut sich daran.

Auch mein Freund Herbert mit seiner Frau Elisabeth haben seit vielen Jahren eine Haushaltshilfe – Putzfrau und für den Garten einen Rentner, der ihren Garten gestaltet und pflegt. Die Putzhilfe ist nach wie vor 2 Mal in der Woche für drei oder vier Stunden da, aber der Rentner kommt jetzt nicht mehr, weil Jürgen auch in Ruhestand ist und daher seinen Garten selbst in Ordnung halten kann. Er hat sonst kaum andere Hobbys oder Arbeiten, weswegen Elisabet kürzlich auf die Idee kam, dass nun Jürgen die gleiche Gartenpflege in ihrem Ortsviertel übernehmen könnte, wie es jahrelang der Gärtner bei ihnen gemacht hatte. Da war doch vor zwei Wochen eine Anzeige in der Zeitung, dass in der Birkenstrasse ein rüstiger Rentner für die Gartenarbeiten gesucht wird. Herbert könnte das gut übernehmen. Er ist noch total fit und würde so noch etwas nebenher verdienen. Elisabeth sagte noch scherzhaft: „Nun kannst Du das zurückholen, was wir jahrelang für die gleiche Arbeit ausgegeben haben. Im Übrigen ist es zum Großteil Rasen schneiden – der Rest ist eine Kleinigkeit. Herbert kann sich mit diesem Gedanken noch gar nicht anfreunden; aber Elisabeth meint das ernst. Nun hat mir Herbert gestern gesteckt, dass Elisabeth im nächsten Jahr auch aufhört zu arbeiten. Sie hat ihre Jahre voll und bekommt dann auch eine Rente.

Er will ihr vorschlagen, dass er das nur machen würde, wenn sie auch die Putzhilfe nach Hause schicken und Elisabeth ihre Wohnung auch selbst putzt. Er traut sich ja gar nicht zu sagen, dass sie dann vergleichbar zu ihrem Vorschlag, auch noch eine Putzstelle annehmen sollte. Dann sparen sie auch noch einmal etwas wenn er dann bei sich selbst zu Hause, und noch zwei Mal in der Woche in der Birkenstrasse arbeiten würde. Er will sich das Haus aber nun erst einmal inkognito ansehen und auch versuchen zu erfahren, was das für Leute sind, bei denen er dann arbeiten soll. Für jeden würde er es auch nicht machen; so unbedingt nötig hätten sie es auch wieder nicht – aber interessant wäre es vielleicht schon.

Zum Glück hat sich die altbekannte Funktion bei der „Gema" dankt dem erfolgreichen Kampf der Männer für die Gleichberechtigung ja wohl erledigt. So war es zumindest früher, dass mit Eintritt in den Ruhestand automatisch die Anstellung bei der „Gema" erfolgte. Allmorgendlich spätestens nach dem Frühstück erfolgte von der Chefin des Hauses die „Befehlsausgabe". Vor der spezifizierten Aufgabenstellung hieß das zunächst allgemein: „Ge ma hierhin und Ge ma da hin" Da die Seniorinnen und Senioren doch nun zumindest etwa gleichgestellt sind, ist das mit der Gema vorbei.

Wenn Rentner Golfen

Als ich vor gut drei Jahren begann mich damit zu beschäftigen, den schleichenden Übergang in den „Vorruhestand einzuläuten", habe ich mit voller Zustimmung meiner Ehefrau begonnen Golf zu spielen. Da wir gar nicht wussten was da wohl auf uns zukommen würde oder auch nicht, wollte meine Frau in jedem Fall verhindern, dass ich womöglich ständig oder zu oft zu Hause sitzen würde. Scherzhafterweise sagte sie immer:" Wenn Du einmal zu hause bleibst, dann gehe ich ganze Tage arbeiten!".
Das war ganz sicher nicht die alleinige oder Hauptmotivation. Der Golfsport hat mich schon sehr lange interessiert; aber ich habe auch immer gehört und war davon überzeugt, dass er

sehr zeitaufwendig ist. Das hat sich später dann auch bewahrheitet. Darum meinten wir, jetzt sei der richtige Zeitpunkt gekommen, damit anzufangen.

So fuhren wir bei passenden Gelegenheiten die Golfplätze und Golfclubs der Umgebung ab und versuchten den passenden für uns zu finden. Das soll bei Golfern bekanntlich gar nicht so einfach sein. Wir haben Bekannte, die spielen schon länger Golf. Die haben sofort den Wechsel vollzogen als man davon sprach; Tennis ist out, jetzt spielt man Golf. Viele von denen werden dann auch bei den ersten sein, wenn Golf out ist – mit POLO anzufangen. Genau die waren es jedenfalls, die unbedingt wollten, dass wir in ihren Golfclub eintreten; den sie und ihr Club wären schließlich die „Reichen", dort wäre das Geld und ihr Club würde in jedem Fall auch in Krisenzeiten überleben. Genau das machte die Entscheidung leicht, in diesen Club schon mal nicht zu gehen.

So machten wir uns unser eigenes Bild und gingen dort hin, wo wir uns von Anfang an am wohlsten fühlten. Dort bot man uns auch an, zunächst einmal zu schnuppern. Um Trainingsstunden zu nehmen mussten wir noch gar nicht Mitglied werden.

Das könnten wir dann entscheiden, wenn wir die Platzreife hätten. Gesagt getan. Der Golf-Pro Mike war uns sehr sympathisch. Wir nahmen Trainingsstunden und machten dann auch bei und mit ihm die Platzreife.

Dann traten wir in diesen Golfclub ein, fanden auch sofort netten Anschluss und fühlen uns dort wohl.

Natürlich hatte und habe ich nach wie vor nicht die Absicht, ab jetzt mein Leben auf dem Golfplatz zu verbringen. Auch wenn es mir immer aufs Neue wieder Spaß macht, kann Golfen auch künftig nur ein Teil meiner Aktivitäten sein. Es macht mir auch nichts aus, wenn unser Clubmanager mich als „Schönwetterspieler" bezeichnet, ich spiele trotzdem wieder gerne, wenn ich nicht gerade in Urlaub oder krank bin; wenn ich nicht Termine oder meine Ehrenämter wahrnehmen muss, wenn nicht wichtigere persönliche oder familiäre Dinge vorgehen und wie gesagt, wenn auch schönes Wetter ist oder zumindest nicht regnet. Bei diesem beschriebenen Ehrgeiz kann ich mit meinem inzwischen erkämpften Handicap von 32,1 doch ganz zufrieden sein.

Mit dieser Einstellung bin ich als Vorruheständler neben einigen Rentnern im Club ganz und gar keine Ausnahme. Im letzten Sommer war es angedacht, dass wir uns zu viert, alles Rentner, regelmäßig zum Golfen treffen wollten. Wenn alle vier da wären, hätten wir einen schönen vollen und unterhaltsamen Flight. Das sollte ganz locker sein und es würde daher auch nichts ausmachen, wenn mal einer oder gar zwei fehlen würden.

Es war genau ein Mal, nämlich beim ersten Mal, dass alle vier da waren und wir gemeinsam spielten. Dann spielten öfter mal diese oder jene zwei zusammen und daran bin ich natürlich nicht unschuldig. So hat es sich ergeben, dass ich doch meistens wieder mit meiner Frau, meinem Sohn, Frau und Tochter oder auch die ganze Familie zu viert zusammen spiele. Wir übertreiben es ja nicht mit dem Ehrgeiz.

Die Seniorennachmittage sind wohl auch noch nicht so wirklich meine Umgebung. Denn bislang hatte ich immer geglaubt, es seien die Jäger und die Angler, die sich die wildesten Geschichten und Erfolgserlebnisse vorschwärmten.

Nein, die Golfer spielen hier auch eine ganz wichtige Rolle mit. Gerade unter den Rentnern, die sich hier Senioren nennen, beherrschen diese Geschichten durch und durch.
Mindestens 4-mal Paar je Runde zu spielen ist da schon an der Tagesordnung. Oft spielen die Senioren ja auch morgens früh schon ganz alleine. Wenn da nur öfter mal jemand dabei gewesen wäre und es gesehen hätte, so könnten wir inzwischen auf eine riesige Tafel von Spielern mit „Hole in One" im Clubhaus blicken.

Obwohl unser Platz sehr schön und gepflegt ist, begründet sich ein Ballverlust immer wieder mit „grabenden Tieren" oder einem großen Vogel, der Bälle aufnimmt. Auch den Malligen habe ich in dieser Gruppe sehr schnell kennen gelernt.

Keineswegs möchte ich jetzt sehr golfspezifisch werden, denn längst nicht jeder Rentner oder Vorruheständler ist auch Golfliebhaber. Nicht nur bei den feinen Damen geht es darum, die schönste und bekannteste Golfkleidung und Ausrüstung zu haben. Das können die Rentner inzwischen ebenso gut.

Wie dem auch sei, diesen Sport kann man bis ins hohe Alter spielen, er überanstrengt uns nicht, man ist an der frischen Luft in einer schönen freien Natur.

Rentner – Autos und Verkehr

Erst kürzlich tagten wir zu einer Ausschusssitzung der Industrie und Handelskammer, dem ich nach wie vor angehöre, beim ADAC in Dortmund. Dieser Ausschuss wird von Zeit zu Zeit immer mal wieder von Unternehmen eingeladen, die sich dann auch vorstellen und präsentieren. Neben unserer normalen Tagesordnung hält dann eine Persönlichkeit des Unternehmens einen Vortrag und dann folgt auch noch ein Rundgang mit Erklärungen bei der Besichtigung.

Den ADAC in Dortmund zu besuchen ist schon wegen des neuen Gebäudes als Tor zu Dortmund eine Attraktion. Dann hielt der Vorstandsvorsitzende einen ebenso interessanten Vortrag. Mit fundierten Zahlen präsentierte er Erhebungen und Hochrechnungen, wonach die Bevölkerung der BRD, insbesondere aber im dicht besiedelten NRW drastisch abnehmen wird. Es werden einfach viel zu wenige Kinder geboren. Entgegen allen Erwartungen wirkt sich dies jedoch genau entgegengesetzt auf die Verkehrsdichte aus. Dazu sollen maßgeblich einmal wieder die Rentner beitragen. Der Verkehr soll bis 2020 noch einmal um 50 % zunehmen. Die weiteren Wege zur Arbeit, ebenso wie der LKW-Verkehr mit dem stark zunehmenden Transport von Konsum- und Gebrauchsgütern, wird nochmals stark überlagert von den „älteren Menschen". Gemeint sind hiermit wieder die Rentner, die in ihrer vielen Freizeit aus Spaß an der Freude noch viel mehr Auto fahren, wo sie früher arbeiteten.

Erschreckend war noch, dass nachweislich 75 % aller Unfälle mit Verkehrstoten durch Motorradfahrer nicht von den vermeintlichen „jungen Rasern" verursacht werden, sondern von den älteren Herren zwischen 55 und 70 Jahren. Diese rüstigen Rentner, die noch einmal damit anfangen, auf das Motorrad steigen und sich dabei gewaltig überschätzen. Sie können mit den neuen schnellen Maschinen nicht mehr so umgehen wie die jungen Leute. Das waren schon wieder Nachrichten zum Nachdenken, denn ich stehe nach wie vor auf dem Standpunkt, dass Rentner nie Zeit und immer ein volles Programm haben. Ich muss mich aber belehren lassen, dass auch diese Lustfahrten zu X Y Z Bestandteil des vollen Terminkalenders der Rentner sind und somit seinen Zeitplan ausfüllen.

Natürlich trifft es auch auf mich oder uns zu, dass wir zusätzlich zu den vielen Terminen die wir immer noch wahr zu nehmen haben, häufiger als früher mal eben nachmittags nach Dortmund, Unna, Münster, Bielefeld usw. fahren. Als voll Berufstätiger wäre es gar nicht möglich, unsere Tochter in Düsseldorf so häufig zu besuchen.
Wir sprechen davon, dass wir es uns in jahrelanger Arbeit verdient haben, nun ein paar mal mehr im Jahr in einen Kurzurlaub von 4 – 7 Tagen an der Nordsee, Ostsee, in Bad Zwischenahn, in Österreich, im italienischen Tirol zum Skilaufen oder an den Gardasee fahren. Diese Tage hat der Terminkalender schon wieder geschluckt.

Logischerweise drängen sich dann die Termine dazwischen wieder etwas dichter.

Nun gibt es seit einiger Zeit auch Glückwunsch- oder Geburtstagskarten mit einem ganz alten VW Käfer und dem netten Text: Ein Klassiker feiert Geburtstag.

Eine solche Karte habe ich zum letzten Geburtstag einem meiner Freunde geschickt mit folgendem Text:

Lieber x. Da auch Du nun langsam zu den „Klassikern" gehörst, (Klassiker hört sich hier immer noch viel besser an als Oldtimer) solltest Du Dich selbst bitte auch wie einen solchen pflegen. Ziehe den Motor nicht mehr so hoch sondern bleibe im mittleren Drehzahlbereich. Tanke möglichst nur „Super". Schütte regelmäßig Öl nach. Prüfe regelmäßig die Batterie und betätige den Anlasser jeden Morgen, damit der Motor immer anspringt. Pflege auch den Lack und die Chromteile, besonders die Stoßstange, denn sie ist das äußere Schmuckstück des Klassikers, damit auch Du hoffentlich mal ein richtiger Oldtimer wirst.

So etwas bringt bei Rentnern immer wieder viel Freude.

Rentner im Schmieralter

Ein befreundetes Ehepaar erzählt uns gelegentlich von ihren Rentnerleben. Barbara erklärt in vollem Ernst, dass ihr Man Henri derzeit im „Schmieralter" ist. Sie ist froh, dass es ihnen gut geht. Darum können sie sich erlauben „Alles" was in der Werbung, in Zeitschriften, in Apotheken, Drogerien und artverwandten Geschäften angeboten wird, auf die Haut zu schmieren. Der Morgen vor dem Frühstück reicht da oft gar nicht aus. Da muss nachmittags und abends häufig noch eine „Schmierstunde" eingelegt werden. Die Art der benötigten Schmiermittel richtet sich ausschließlich danach, wie Henri gerade drauf ist. Es ist jedenfalls für jeden Zweck und für jeden Körperteil alles im Haus.

Häufig schafft er es gar nicht, alles aufzutragen, weil schon wieder etwas Neues für dieses Wohlbefinden entwickelt worden ist. Auch müssen die Cremes je Einsatz dann ja auch geruchsmäßig zusammen passen. Begonnen hat dies einmal alles in einem Urlaub mit dem „Allgäuer Latschenkiefer". Das war so erfrischend und hat so toll geholfen, dass Henri zwei Tage später das gesamte Sortiment dieses Herstellers gekauft hat. Den Franzbranntwein, die Fuß creme, die Creme für die Beine und Waden; das war gegen Wadenkrämpfe, dann eine extra Venensalbe, Fußfrisch, Vital Fluid, Lotion zur Durchblutung und Straffung der Haut und Unterhaut, etwas gegen Hornhaut, Badezusatz, Kühlbalsam, Öl, Quell Solesalz, Schrundensalbe, Panthenol-Komplex und vieles andere mehr. Die meisten Salben und Substrate gibt es dann jeweils noch für den Tag und extra für die Nacht. Wenn ich diesen Schrank, allein von dieser Marke seinerzeit fotografiert hätte, oder wirklich alles aufgeführt hätte; das vorgenannte war noch immer nur ein Auszug, dann würden Sie glauben, er wäre bei dieser Firma beschäftigt und würde für diese Werbung bezahlt.

Nein es kommt noch viel schlimmer. Inzwischen hat er ein ähnliches Sortiment von jeweils mindesten 6 Salben und Cremes von zwei weiteren Marken oder Herstellern. Weil Henri mir inzwischen immer wieder vorschwärmt, wie gut diese kosmetischen Mittel sind, habe ich ihn gebeten, mir die Wichtigsten einmal aufzuschreiben. So hat er ein ganzes Sortiment von Alpenland Kosmetiks. Da geht es ähnlich wie vorher. Nun sind: Stutenmilch, Ringelblumenbalsam, Hautbalsam mit Erdäpfel, Ziegenbutter Creme, Beinbalsam mit Weinlaub, Hirschtalg für die Füße und vielleicht noch eines. Das ist die aktuelle Pflege, auf die Henri nun schwört und seine Barbara gönnt ihm alles was möglicherweise hilft, ihren schönen Henri noch ein paar Jahre so fit zu halten. Wer weiß, was er noch so alles an Pülverchen schluckt, denn er wollte immer der schönste sein und gibt daher für sein Aussehen und seine Pflege mit seinen 77 Jahre Alles.

Ein anderes befreundetes Paar schwört dagegen auf die Marke „Retterspitz". Auch hier gibt es eine breite Palette an Heil- und Pflegemittel für innen und außen. Es ist kaum zu fassen, wofür und wohin man sich im fortgeschrittenen Alter so alles hinschmieren kann. Wenn ich nur wüsste, wie wir aussähen und wie es uns ginge, wenn wir so manches davon nicht nehmen würden. Ich bin ja schon etwas angesteckt; denn ausreichende Körperpflege kann ja nur gut sein – aber was bedeutet denn ausreichend? Auch weiß ich nicht so genau, warum dieses Sortiment „Retterspitz" heißt. Bei „Retter" könnte ich mir noch eine gewisse pflegende und heilende Wirkung vorstellen; aber dass von Retterspitz schon mal jemand spitz geworden ist habe ich noch nicht gehört. Ich muss mir die Beschreibung doch noch einmal genau durchlesen.

Natürlich habe ich auch schon gelesen, dass gewisse Naturkräutermittel, mit denen wir uns einreiben, die wir einnehmen oder inhalieren, auch Geist und Seele beruhigen können. Zumindest steht das auf der Verpackung. Und genau das spricht wieder viele Rentner / Senioren an.
Es ist doch weitgehend bekannt, dass gerade ältere Herren; vielmehr als Damen, ab einem gewissen Alter von einer oft störenden Unruhe geplagt werden. Manche Senioren geben das gar nicht zu oder sie merken es nicht einmal. Nur

ganz wenige können über einen Zeitraum einfach mal ruhig sitzen bleiben und vielleicht sogar am helllichten Tag einfach mal ein Buch lesen. Frauen können das schon viel eher. Das soll keinesfalls heißen, dass ältere Männer nicht lesen. Nein, nur nicht zu Tageszeiten, die man doch wirklich viel besser nutzen kann.

Ich erwische mich oft selbst dabei, dass ich die Unruhe in Person bin. Dann kann möchte ich alle fünfzehn Minuten etwas anderes tun, oder besser noch drei Dinge gleichzeitig. Das geht aber auch nicht; weil angeblich erwiesen ist, dass kein Mensch auf der Welt zwei Gedanken gleichzeitig fassen kann. Meine Frau und einige andere Damen behaupten allerdings, diese Studie beträfe nur die Männer. Frauen könnten das. Weil ich weiß, dass ich eine Diskussion hierüber eh nicht gewinnen kann, gehe ich diesem Thema nun stillschweigend aus dem Weg. Ich habe mir gedacht, dass die Damen, die diese Fähigkeit so vehement verteidigen wahrscheinlich sogar recht haben, weil sie eben viele Dinge tun, bei denen sie gar nicht denken brauchen. Dann kann das natürlich funktionieren.

Ein paar Freunde von mir haben jedenfalls ebenso wie ich versucht, auch diese der Damenwelt vorbehaltene Fähigkeit durch diverse Schmier-, Lutsch- und Trinkmittel ebenfalls zu erlangen; - bis heute Fehlanzeige. Selbst das Pulver der roten Ginsengwurzel, dem man doch wirklich hinsichtlich Gehirn- und Gedankenleistung beste Wirkungen nachsagt, hat ganz speziell zu dieser Fähigkeit noch nicht verholfen.

Es ist aber noch nicht aller Tage Abend. Manfred hat mir gesagt, dass wir noch eine Vielzahl an Mitteln in Reserve oder zur Auswahl haben, die wir nach und nach ausprobieren könnten. Hätten wir Rentner doch nur mehr Zeit, so könnten wir einen Vitalclub gründen, wo wir dann alle bekannten oder auch neue Schmiermittel, Salben, Cremes, Kapseln, Säfte wie Ginseng, Doppelherz, Ringelblume, Vitalis ausprobieren könnten. Ich kann jetzt wirklich nicht alles und alle Kräuter aufzählen, die uns eine Lebensverlängernde Wirkung versprechen; könnte mir aber gut vorstellen, das ein solcher Senioren - Vitalclub sogar die Chance hätte, von einigen dieser Hersteller gesponsert zu werden. Insbesondere wenn in unserem Club einige Mitglieder wären, die in anderen Gremien und Organisationen als Meinungsmacher noch eine Signalwirkung haben. Ich stelle mir das lustig vor, wenn wir ähnlich wie die Spitzensportler; natürlich mit anderen Produkten, mit großen Aufnähern und Werbeträgern auf unsere Anzügen herumlaufen würden. Auf dem Kragen des weißen Oberhemdes stünde dann vielleicht „Biovital" oder ähnlich. Man könnte solche Werbeverträge sogar noch mit einer Erfolgsprämie aushandeln.

Damit bin ich aber wieder an einem Punkt angelangt, wo unser Rentnerstatus in Gefahr gerät. Zum einen besteht die Gefahr, dass die wieder zu einem zeitaufwendigen Job werden könnte – und wir haben doch alle gar keine Zeit; andererseits stellt sich dann wieder die Problematik mit den Höchstbeträgen, die ein Rentner hinzuverdienen darf. Wie schnell könnte man hier alle Rekorde schlagen und hätte keine Zeit mehr für die eigentlichen Senior-Aufgaben.

Kinder und Enkelkinder

Wir können uns glücklich schätzen, gerade im Rentneralter Kinder und Enkelkinder zu haben. Das Heranwachsen der Enkelkinder möglichst hautnah und regelmäßig mit zu erleben, ist als Erfahrung noch einmal unvergleichlich reicher und schöner als früher mit den eigenen Kindern. Alle Freunde und Bekannte, die eine intakte Familie haben und sich mit ihren Kindern und deren Partnern gut verstehen bestätigen, dass sie auch heute noch für ihre Kinder viel oder fast alles tun. Für die Enkelkinder dagegen würde man sich ja sogar fast umbringen. Die werden über Alles geliebt und verwöhnt. Die Omas und Opas versuchen ihre Wünsche zu ergründen, noch bevor die Kleinen sie selbst artikulieren können.

Mit Fabio, er wird jetzt neun, habe ich begonnen Fahrrad zu fahren. Es macht auch ihm Spaß und er ist durch seinen vielen Sport konditionell sehr gut drauf. Darum haben wir zwei kürzlich beschlossen, in den nächsten Ferien mit dem Fahrrad von hier / Unna aus, bis zur Nordsee nach Cuxhaven zu fahren. Ich kenne die Strecke und darum traue ich ihm oder uns das auch zu. Das werden insgesamt mindestens 500 km werden; aber in 7 Tagen werden wir es wahrscheinlich schaffen. Es gibt entlang der Ems bzw. dem Dortmund-Ems-Kanal immer wieder gute Übernachtungsmöglichkeiten und es ist eine ruhige, landschaftlich schöne und flache Strecke. Wir freuen uns beide riesig darauf. Sowohl tagsüber das Radfahren, wie auch die Abende, die wir dann täglich in anderen Pensionen und Hotels verbringen werden wird ein schönes Erlebnis für uns beide werden. Duschen, umziehen, etwas trinken, Kartenspielen und dann Abendessen; danach gemeinsam schlafen gehen; und das eine ganze Woche lang - nur Opa Werner und Fabio. Eine tolle Herausforderung für uns beide; aber wir werden das schon schaffen. Wenn wir Fragen oder Probleme haben sollten, werden wir „Mama" anrufen – doch wir sind ganz zuversichtlich, dass alles gut geht.

Unsere Familie hat versprochen, dass alle in Cuxhaven am Ortseingang mit einem Transparent stehen werden um uns bei der „Einfahrt" zu begrüßen.

Im Sommer möchten wir dann auch gerne mit unserem 1 ½ jährigen Enkel Carlo an den Strand fahren, mit Eimer, Förmchen und Schüppchen spielen und Sandburgen bauen – ein tiefes Loch machen und uns einbuddeln. Für etwas weitere Wege durch das Watt haben wir extra so einen Watt-Bollerwagen. Wenn das keine schönen Ziele und Aufgaben sind, dann weiß ich nicht, was ein Opa als Rentner sich noch Schöneres wünschen kann. Da müssen Dinge wie Golf spielen, Keller aufräumen, Kaminholz machen oder sonstige Vorhaben einfach mal hinten anstehen, denn das Jahr hat schon wieder nur 365 Tage und die vergehen jedes Jahr schneller – und schon werden Enkelkinder auch schon wieder groß.

So viel mir bekannt ist, sind alle Großeltern froh und stolz, wenn sie Enkelkinder haben. Besonders glücklich schätzen dürfen sich die Omas und Opas (in diesem Fall sagt man ja nicht Rentner oder Senioren) die ihre Enkelkinder so nah haben, dass sie sie regelmäßig sehen und sogar regelmäßig auch bei sich haben können. Da sind manche schon etwas benachteiligt, die oft nur wissen, dass sie Enkelkinder haben, weil sie so weit weg wohnen, dass sie sie nur ganz selten sehen können. Dann ist das Erlebnis eben doch nicht so, dass man fast täglich sieht, wie sich gerade kleine Kinder schnell verändern, wie viel sie täglich dazu lernen und was sie plötzlich alles können. Das ist schon faszinierend und sehr gut eingerichtet, wenn im Gegensatz zu uns, die Kleinen noch eine ganz frisch formatierte, und wir dagegen schon eine fast volle Festplatte haben.

Mein Bekannter Rudolf hat seine beiden Enkelkinder – es sind sogar Zwillinge – von ganz klein an jeden Tag bei sich. Die Tochter geht arbeiten und Oma und Opa „werden das Kind schon schaukeln" wie man so sprichwörtlich sagt. Rudolf meint, das wäre schon sehr anstrengend und es ist sogar immer noch anstrengender geworden. Es macht ihm Riesenspaß; aber abends ist er oft fix und fertig. Inzwischen bringt er beide jeden morgen in den Kindergarten und holt sie mittags wieder ab. Da haben er und seine Frau mal wieder etwas Zeit um durchzuatmen. Spätnachmittags holt die Tochter die Zwillinge dann wieder ab; und Rudolf ist froh, wenn sie dann wieder weg sind. Wehe aber wenn er beide ein paar Tage mal nicht hat oder sieht----; dann wird er ganz unruhig, und bekommt sogar Heimweh nach den beiden Süßen.

Die kleine Isabell hat einmal zu ihrem Opa Josef gesagt: „Opa was machen wir jetzt"? Da hat Josef geantwortet: „Nichts". Darauf Isabell: „Opa – nichts geht nicht – denn nichts ist nicht, und gar nichts kann man doch gar nicht tun. Irgendetwas tut man immer; und wenn man nur atmet, guckt, ruhig sitzt oder sowas; aber nichts geht nicht" – wie recht sie hat.

Selbständige Rentner

Ein gute Freund Hans ist seit vielen Jahren selbständig. Er liebt seinen Job und ist daher auch bei relativ überschaubarem Einsatz sehr erfolgreich. Er hat von der Pike an in der Autobranche gelernt. Auf Grund seiner besonderen Qualifikation hat er sich dann vor vielen Jahren selbständig gemacht und es geht ihm gut. Nun kam er ins Rentenalter, weil er noch zu dem „Baujahr" gehört, die bereits mit 62 oder 63 in Rente gehen konnten. Er konnte sich anfangs nicht so recht entscheiden, ob er Rentner oder selbständiger Kaufmann sein will. Entsprechend seiner Berater hat er das Gewerbe dann auf seine Ehefrau übertragen, weil ein Rentner der frühzeitig Rente bezieht, das heißt noch vor dem fünfundsechzigsten Lebensjahr, nicht beliebig hinzu verdienen darf. So ließ er sich dann bei seiner Frau als geringfügiger Angestellter beschäftigen, mochte seinen Job weiter und pflegte den Kontakt zu seinen Kunden weiter. Die Arbeit macht ihm weiter so viel Spaß, dass er sofort mit Erreichen des 65. Lebensjahres, wieder selbst voll eingestiegen ist; das Gewerbe wieder auf eigenen Namen übernommen hat und mit entsprechendem Einsatz wieder seine Geschäfte macht. Nun darf er wieder als Selbständiger mehr Geld verdienen. Ich weiß als Laie natürlich nicht, wie viel und ab welchem Betrag, was vielleicht bei der Rente angerechnet wird. Ist ihm auch scheinbar egal, denn er fühlt sich fit und er würde krank und versauern, wenn er gar nicht mehr arbeiten dürfte. Ganz sicher macht er sich nicht mehr kaputt dabei. Er teilt sich die Arbeit so ein, dass sein Sport wie Tennis und Radfahren, ebenso wie Sauna und sonstige Freizeiten nicht zu kurz kommen. Das hat er sich ja schließlich auch verdient. Dennoch, er ist für mich ein selbständiger Rentner, der keine Zeit hat und dessen Terminkalender mehr als ausgelastet ist.

Ein Superbeispiel war mein Schwiegervater. Er wurde zwar mit 65 Jahren auch Rentner, hat aber im Traum nicht daran gedacht seine Arbeit aufzugeben. Als Friseurmeister hatte er über mehr als 45 Jahre sein Friseurgeschäft mit angestellten Friseusen betrieben.
Er hat in den ganzen Jahren nicht nur viele Friseurinnen ausgebildet, sondern ihnen gleichzeitig auch die Liebe zu diesem Beruf vermittelt und ….
Er liebte seinen Beruf so sehr, dass er mit zweiundsiebzig Jahren, als er sein Friseurgeschäft wegen Ablauf des Mietvertrages für das Geschäftslokal, sich noch einmal einer neuen beruflichen Herausforderung stellte.

Er übernahm mit zweiundsiebzig im neu eröffneten Altenheim das Friseurstübchen. Die Einrichtung und Ausstattung, die er ja wegen seiner Geschäftsaufgabe nicht mehr brauchte, übergabt er dem Perteshaus für das Friseurstübchen und begann ab diesem Zeitpunkt, den alten Damen in diesem Altenheim zumindest die Köpfe wieder jünger zu machen. Er „betüddelte" die älteren Damen und natürlich auch die Herren; holte sie wenn nötig von ihren Zimmern ab und brachte sie nach getaner Arbeit mit neuer Frisur auch wieder dorthin zurück. Den bettlägerigen und pflegebedürftigen wusch und schnitt er die Haare auch auf ihrem Zimmer oder sogar im Bett. Ich erzähle dies ganz bewusst so ausführlich, weil es sich auch bei diesen Menschen um Rentner handelt. Und wenn solche Rentner, die oftmals noch jünger waren als er selbst, dann von einem am Schluss 84 Jahre alten – in Worten: Vierundachtzigjährigen betreut und friseurmäßig behandelt werden, dann ist das wohl schon ein bemerkenswerter „Ruhe- oder Unruhestand".

Dies alles verstehe ich unter dem Begriff der immer schaffenden selbständigen Rentner. Es

versteht sich von selbst, dass diese berufstätigen Rentner immer den Terminkalender voll haben. Auch wenn sie sich den Luxus erlauben, um
ihre Fitness zu erhalten, einmal wöchentlich in
die Sauna möglichst mit Massage zu gehen, so
bleibt dennoch immer die Aussage:

„Ich habe aber keine Zeit!"

Mit dem Titel: „Rentner, ein Full-Time-Job"
möchte ich keinesfalls assoziieren, dass ein Full-
Time-Job gleichzeitig Stress bedeutet. Im Ge-
genteil, Full-Time-Job sagt nichts anderes, als
„ständige Beschäftigung" und das ist überhaupt
nicht negativ. Viel schlimmer ist es, wenn ein
Rentner vor lauter Langeweile beginnt sich zu
grämen, zu grübeln oder gar unzufrieden wird.
Wie sehr wünscht sich jeder Mensch im Berufs-
alter einen Full-Time-Job.
Der Rentner oder Senior, der diese vielen Aufgaben hat und zum Lebensunterhalt seine hoffentlich ausreichende Rente bekommt, hat eigentlich das, was sehr viele Menschen sich
wünschen – und er hat es sich verdient.

Rentner und ihre Krankheiten

Nun habe ich in den vorherigen Kapiteln doch mehrfach über die mangelnde Zeit, die vollen Terminkalender und den Seniorenstress berichtet. Natürlich darf auch keinesfalls verschwiegen werden, dass es auch viele Rentner gibt, die längst nicht ausgelastet sind und sich immer wieder nach einer mehr oder weniger sinnvollen Freizeitgestaltung umsehen. Da sind oft noch viel zu große Lücken im Terminkalender, den ein mancher Rentner leider gar nicht mehr hat oder braucht. Die ein oder zwei Aufgaben und Vorhaben für die nächsten Tage und Wochen wissen sie auswendig; vergessen diese natürlich dann auch oft oder verwechseln die Tage. Wenn es ganz wichtig zu sein scheint, dann schreibt man es eben auf einen kleinen Zettel, der hoffentlich bis zum besagten Termin nicht verloren geht. Ich habe auch schon gesehen, dass einer einen ganz kleinen Zettel im Portemonnaie hat, wo er die ganz wichtige Termine und was man eben nicht vergessen darf, sehr klein aufgeschrieben hat. Gelegentlich, insbesondere wenn er unsicher geworden ist, wann Bruder Jakob denn nun wirklich Geburtstag hat, schaut er dann auf den kleinen Zettel im Portemonnaie.

Dort wird natürlich auch der Termin für den lange vorgebuchte Arztbesuch notiert. Weil man ja so kurzfristig bei den meisten Ärzten keinen Termin mehr bekommt, muss man sich heute recht zeitig für einen Termin anmelden.

Ohne jetzt irgend jemandem etwas zu unterstellen, weiß ich wie auch allgemein bekannt ist, dass es eine Vielzahl von Patienten gibt, die ihren zu leeren Terminplan und einen Teil ihrer langweiligen Zeit in Wartezimmern, Sprechzimmern und Untersuchungsräumen verbringen.

Weil doch die jüngeren, berufstätigen Menschen sich heute aus Angst um ihren Arbeitsplatz kaum noch trauen zum Arzt zu gehen, werden diese Lücken jetzt scheinbar von den Senioren beiderlei Geschlechts ausgefüllt.

Da heißt allerdings nicht, dass Herr Jammermeister und Frau Klageimmer, die zum Arzt gehen, nun auch Simulanten sind. Nein, denn mit zunehmendem Alter setzen bekanntlich auch immer mehr und öfter von den mehr oder weniger schmerzhaften oder beängstigenden „Leiden" ein. Ein mir bekannter Dr. med., der seit vielen Jahren als praktischer Arzt ansässig ist, weiß darüber stundenlang Geschichten zu erzählen, ja sogar Bücher zu schreiben.

Manche Krankheiten oder Leiden bekommt man leider auch, nur weil man gehört hat, dass das inzwischen oder in diesem Alter viele; bzw. zumindest einige bekannte haben.

So hörte ich kürzlich, dass in einem benachbarten Tennisclub von den Senioren bei drei Herren ein Prostataleiden festgestellt wurde. Als sich einer überwunden hatte, es nach dem Spiel in der Runde im Clubhaus zu erzählen, konnten die beiden anderen auch sofort mit ihrem Wissen über diese Krankheit beitragen; und das sie es schon eine ganze Zeit hätten. Nun müsste es wohl bei zweien doch operiert werden.

Nicht einmal sechs Wochen später berichtet mir nun mein Freund, dass ganz sicher inzwischen sieben, in Worten: „sieben" Senioren an einer Prostataerkrankung leiden.

Nun fragt man sich doch mit recht, ob diese Herren nun alle sehr schnell aus Angst zum Urologen gegangen sind, - vielleicht sogar ohne bislang Beschwerden zu haben,- oder ob sie bereits seit Jahren in die Hose pinkeln.

Das ist natürlich nur eine von den beliebtesten Rentnerkrankheiten und die Reihe wäre zwar nicht unbedingt beliebig; aber doch sehr lang fortzusetzen. Das sollte nun ganz und gar keine Verharmlosung auch vieler bedauernswerter und ernst zu nehmender Krankheiten sein. Wenn man aber den Ärzten glauben darf, die darüber ihre Späße machen, dann ist eine kleine ironische Anmerkung vielleicht doch gestattet. Komischerweise sind es allerdings sehr häufig die Rentner, die wenig zu tun und wenige Aufgaben und Ehrenämter haben.

Um dann auch bei der Ironie zu bleiben, müssen die Ärzte schließlich auch weiter ihren Lebensunterhalt verdienen und ihre Familien ernähren. Sie wurden doch von den Krankenkassen und der Gesundheitsreform eh genug gebeutelt. Und wenn sie einen Rentner schon nicht mehr „krank schreiben" können, dann ist im Bedarfsfall gegen eine „Langzeittherapie" oder -behandlung sicher nichts einzuwenden.

Damit wäre dann auch diese Kategorie der Rentner zufriedengestellt.

Rentner und der „Liebe Gott"

Meinen eigentlich wichtigsten Freund möchte ich an dieser Stelle nicht unerwähnt lassen. Wir waren uns auf „Meinem Jakobsweg" so relativ nahe gekommen, dass ich „Ihm" auch in diesem Buch einen Abschnitt widmen möchte.

Als ich vor einiger Zeit auf dem Golfplatz zu meinem erstes Buch mit dem Titel: Mein Jakobsweg, wo Gott und Menschen Freunde werden" über einige Glaubensthemen gefragt wurde, war ich über einige Reaktionen sehr überrascht. Golffreund Friedel, den wir eigentlich für einen mehr den Freuden des Lebens aufgeschlossenen Mann ansahen, erzählte plötzlich, dass er mit zunehmendem Alter auch immer öfter über Leben und Tod; Gott und Glauben nachdenken würde.

Als Kind sei er einmal recht christlich erzogen worden, wäre jahrelang Messdiener gewesen und als Kind und in frühester Jugend noch regelmäßig sonntags zur Kirche gegangen. Dann aber hätte er sich weitgehend vom spirituellen abgewandt und mit Gott wohl kaum noch etwas zu tun gehabt. Ich meine, er wäre sogar aus der Kirche ausgetreten, das weiß ich aber nicht ganz sicher. Nun aber mache er sich zunehmend immer mehr Gedanken und er könnte das auch gar nicht steuern. Das käme so ganz automatisch, so als würde sich Gott gelegentlich einfach bei ihm melden. Er fühlte sich fast dazu gezwungen darüber nachzudenken, was mit ihm eigentlich nach diesem doch so schönen Leben einmal passieren oder kommen würde.

Inzwischen bin ich sicher, dass das nicht nur Friedel so geht. Auch dieser Punkt ist ein, wenn auch nicht ausschließlich aber doch überwiegend für ältere Menschen und das sind nun eben mal die Rentner, zutreffend. Immer wenn ich Rentner sage oder gesagt habe, meine ich natürlich auch die Rentnerinnen. Ich möchte hier keineswegs die Damenwelt vernachlässigen oder unberücksichtigt lassen. Jedenfalls kreisen diese Gedanken wohl zwangsläufig, wenn die kleinen „Zipperlein" wovon im Rentenalter wohl kaum jemand verschon bleibt, einsetzen. Je gravierender diese „Alterserscheinungen" wohl sind; darüber habe ich in einem extra Kapitel ja ausführlich geschrieben, umso stärker wächst der Gedanke zu Gott. Ganz besonders ist mir auch aufgefallen, dass gerade die Menschen, die mit Gott kaum etwas zu tun haben, in brenzligen Situationen immer wieder sagen: „Gott sei Dank". Das ist schon zu einer Redensart geworden, die diesem garn nicht entspricht. Im Unterbewusstsein halten wir uns alle wohl mitzunehmendem Alter immer mehr an diesen vermeintlichen Gott, denn es ist ja schon möglich, dass da nach diesem Leben noch irgendetwas kommt. Da lässt man sich doch gerne auch noch jedes Türchen offen. Im Falle, dass „der" dann wirklich etwas zu sagen hat, dann hat man sich „ihn" zumindest nicht zum Feind gemacht. Ich möchte an dieser Stelle nun wirklich nicht für oder über irgendwelche Menschen, egal ob Christen, Nichtchristen oder Andersgläubige eine Lanze brechen. Jedenfalls habe ich festgestellt, dass wir alle, besonders wenn wir älter werden, über die ganz besonderen Themen, doch gelegentlich nachdenken; und das ist auch gut so.